日本语能力测试

考前题库

听力听解

4级

比田井牧子
香取文子

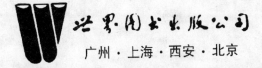

世界图书出版公司

广州·上海·西安·北京

图书在版编目（CIP）数据

日本语能力测试考前题库．听力听解．4级／（日）
比田井牧子，（日）香取文子编．—广州：广东世界图
书出版公司，2001.11
　　ISBN 7–5062–3688–5

　　Ⅰ．日…　Ⅱ．①比…②香…　Ⅲ．日语-听说教学
-水平考试-试题　Ⅳ．H369.6

中国版本图书馆 CIP 数据核字（2001）第 076710 号

日本语能力测试考前题库听力听解 4 级

出版发行：广东世界图书出版公司
　　　　　（广州市新港西路大江冲 25 号　邮编：510300）
电　　话：020 – 84451969、84453623
E – mail：pub@gdst.com.cn
授　　权：大新书局（台湾）
印　　刷：广州市番禺新华印刷有限公司
　　　　　（广州市番禺区市桥镇环城西路工农大街 45 号　邮编：511400）
版　　次：2001 年 11 月第 1 版
　　　　　2004 年 4 月第 2 次印刷
开　　本：787 × 1092　1/16
印　　张：6.5
印　　数：10 001 ~ 13 000 册
书　　号：ISBN 7-5062-3688-5／H·0283
版权贸易登记号：19-2000-037
出版社注册号：粤 014
定　　价：10.00 元

前　　言

　　本书是以参加初级日语能力四级测试的日语学习人士为对象的听解练习用书。而以通过三级测试为目标的读者们，如能认真地做完本书编列的各基础问题，再进阶三级听力试题，将可让您的日语听力实力更上一层楼。

　　本书共分为两大部分，第一部分是分不同主题的问题集，第二部分则由日语能力测试四级的模拟测验试题所构成。

　　第一部分我们挑选了日语能力测试经常出现的八个听力主题。首先从各章中学习与主题相关的基本用语、句型，然后练习对照能力测试试题类型的图例问题与无图例问题。

　　另外，各章中的重要语句均按顺序罗列于题前的框内，因此，读者在做听力练习前，请先参考确认一下。认真做好第一部分的练习题后，请继续接受第二部分模拟题测验的挑战。

目　　　　　　錄

C O N T E N T S

日本語能力試験の構成及び認定基準　　　　　6

聴解問題

● タイプ別　聴解問題

第1章　　いろいろな数　　　　　　　　　　8
第2章　　いくらですか　　　　　　　　　　12
第3章　　いつですか　　　　　　　　　　　15
第4章　　何時ですか　　　　　　　　　　　18
第5章　　どんな〜ですか　　　　　　　　　21
第6章　　どこですか　　　　　　　　　　　25
第7章　　何をしていますか　　　　　　　　28
第8章　　応用問題　　　　　　　　　　　　32

● 聴解　模擬テスト

第1回　　模擬テスト　　　　　　　　　　　36
第2回　　模擬テスト　　　　　　　　　　　47

解答用紙　　　　　　　　　　　　　　　　　58

スクリプト

● タイプ別 聴解問題 スクリプト

第1章	いろいろな数	62
第2章	いくらですか	65
第3章	いつですか	68
第4章	何時ですか	71
第5章	どんな〜ですか	74
第6章	どこですか	77
第7章	何をしていますか	79
第8章	応用問題	82

● 聴解 模擬テスト スクリプト

第1回	模擬テスト	86
第2回	模擬テスト	92

解答

タイプ別 聴解問題	100
聴解 模擬テスト	102

日本語能力試験の構成及び認定基準

| 級 | 構成 | | | 認 定 基 準 |
	類別	時間	配点	
1	文字・語彙	45分	100点	高度の文法・漢字（2,000字程度）・語彙（10,000語程度）を習得し、社会生活をする上で必要であるとともに、大学における学習・研究の基礎としても役立つような、総合的な日本語能力。
	聴解	45分	100点	
	読解・文法	90分	200点	
	計	180分	400点	（日本語を900時間程度学習したレベル）
2	文字・語彙	35分	100点	やや高度の文法・漢字（1,000字程度）・語彙（6,000語程度）を習得し、一般的なことがらについて、会話ができ、読み書きができる能力。
	聴解	35分	100点	
	読解・文法	70分	200点	
	計	140分	400点	（日本語を600時間程度学習し、中級日本語コースを修了したレベル）
3	文字・語彙	35分	100点	基本的な文法・漢字（300字程度）・語彙（1,500語程度）を習得し、日常生活に役立つ会話ができ、簡単な文章が読み書きできる能力。
	聴解	35分	100点	
	読解・文法	70分	200点	
	計	140分	400点	（日本語を300時間程度学習し、初級日本語コースを修了したレベル）
4	文字・語彙	25分	100点	初歩的な文法・漢字（100字程度）・語彙（800語程度）を習得し、簡単な会話ができ、平易な文、又は短い文章が読み書きできる能力。
	聴解	25分	100点	
	読解・文法	50分	200点	
	計	100分	400点	（日本語を150時間程度学習し、初級日本語コース前半を修了したレベル）

聴解問題

● タイプ別 聴解問題

第1章　いろいろな数

第2章　いくらですか

第3章　いつですか

第4章　何時ですか

第5章　どんな～ですか

第6章　どこですか

第7章　何をしていますか

第8章　応用問題

● 聴解　模擬テスト

第1回　模擬テスト

第2回　模擬テスト

1. テープを聞いて、正しい数を（　）の中に書いてください。

> 例　えんぴつが3本（さんぼん）あります。（3）

（1）（　　）　　　　　（11）（　　）

（2）（　　）　　　　　（12）（　　）

（3）（　　）　　　　　（13）（　　）

（4）（　　）　　　　　（14）（　　）

（5）（　　）　　　　　（15）（　　）

（6）（　　）　　　　　（16）（　　）

（7）（　　）　　　　　（17）（　　）

（8）（　　）　　　　　（18）（　　）

（9）（　　）　　　　　（19）（　　）

（10）（　　）　　　　　（20）（　　）

▶▶▶ Memory Corner

いち	に	さん	し	ご	ろく	しち	はち	く きゅう	じゅう
1	2	3	4	5	6	7	8	9	10

ひとつ、　ふたつ、　みっつ、　よっつ、　いつつ、　むっつ、　ななつ、　やっつ

ここのつ、　とお、　いくつ

ひとり、　ふたり、　さんにん、　よにん、　ごにん、　ろくにん、　しちにん、

はちにん、　きゅうにん、　じゅうにん、　なんにん

〜ほん、　〜まい、　〜さつ、　〜わ、　〜だい、　〜ひき、　〜けん、　〜そく

2. 正しい絵はどれですか。（　）の中に正しい絵の番号を入れてください。

(1)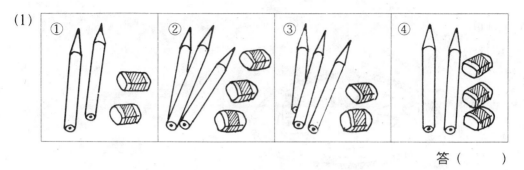

答（　　　）

(2)

答（　　　）

(3)

答（　　　）

(4)

答（　　　）

3. 絵を見て答えてください。

(1)

①
②
③
④

答（　　　）

(2)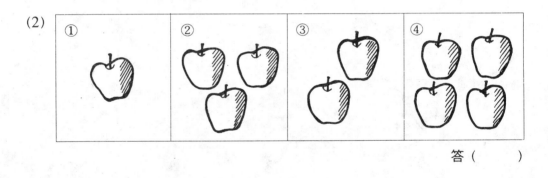

答（　　　）

(3)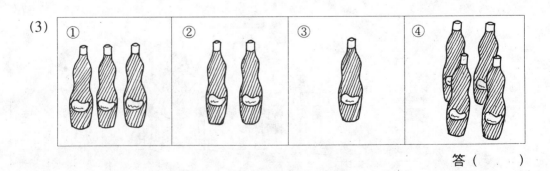

答（　　　）

4. 問題4は電話番号を聞き取る問題です。正しい番号を ＿＿＿ の上に書いてください。

（1）＿＿＿＿＿＿＿＿＿＿＿＿　　（4）＿＿＿＿＿＿＿＿＿＿＿＿

（2）＿＿＿＿＿＿＿＿＿＿＿＿　　（5）＿＿＿＿＿＿＿＿＿＿＿＿

（3）＿＿＿＿＿＿＿＿＿＿＿＿　　（6）＿＿＿＿＿＿＿＿＿＿＿＿

5. 問題5はいろいろな数字を聞き取る問題です。　＿＿＿の上に聞き取った数字を書いてください。

（1）＿＿＿＿＿＿＿＿＿＿＿＿ 号室

（2）＿＿＿＿＿＿＿＿＿＿＿＿ ページ

（3）＿＿＿＿＿＿＿＿＿＿＿＿ 番

（4）＿＿＿＿＿＿＿＿＿＿＿＿ 年

1. テープを聞いて（　）の中にねだんを書いてください。

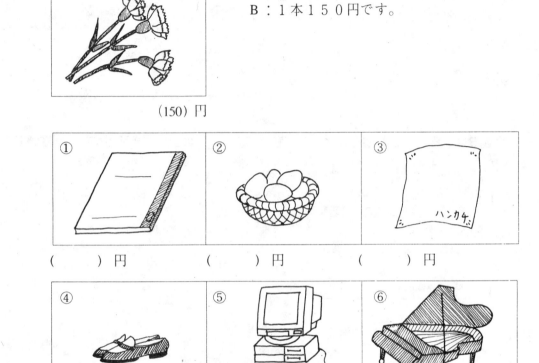

例　A：この花はいくらですか。
　　B：1本150円です。

例

（150）円

①　　　　　　　（　　　　）円

②　　　　　　　（　　　　）円

③　ハンカチ　　（　　　　）円

④　　　　　　　（　　　　）円

⑤　　　　　　　（　　　　）円

⑥　　　　　　　（　　　　）円

⑦　　　　　　　（　　　　）円

⑧　　　　　　　（　　　　）円

⑨　　　　　　　（　　　　）円

▶▶▶ **Memory Corner**

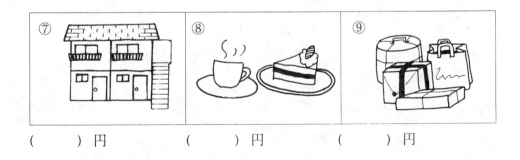

いくら　　ひとつ（1本、1枚、1冊…）　　～円です　　全部で　　両方で

大きいのが～円で、　小さいのが～円

2. 正しい絵はどれですか。

(1)

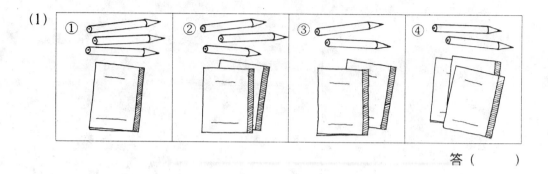

答（　　　）

(2)

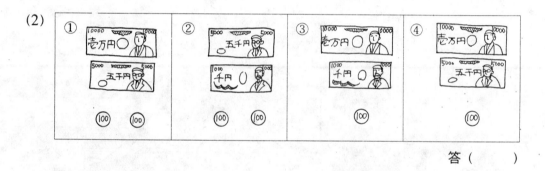

答（　　　）

(3)

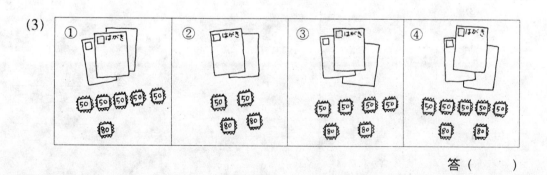

答（　　　）

3. 問題3は絵はありません。 聞いてください。 正しい答を1つ選んで＿＿の
上に書いてください。

(1) ①

②

③

④

答 ＿＿＿＿＿＿＿＿

(2) ①

②

③

④

答 ＿＿＿＿＿＿＿＿

(3) ①

②

③

④

答 ＿＿＿＿＿＿＿＿

(4) ①

②

③

④

答 ＿＿＿＿＿＿＿＿

1. 何月何日ですか。

```
   例    きょうは4月15日です。
```

（1）＿＿＿月＿＿＿日　　　　（7）＿＿＿月＿＿＿日

（2）＿＿＿月＿＿＿日　　　　（8）＿＿＿月＿＿＿日

（3）＿＿＿月＿＿＿日　　　　（9）＿＿＿月＿＿＿日

（4）＿＿＿月＿＿＿日　　　　（10）＿＿＿月＿＿＿日

（5）＿＿＿月＿＿＿日　　　　（11）＿＿＿月＿＿＿日

（6）＿＿＿月＿＿＿日　　　　（12）＿＿＿月＿＿＿日

▶▶▶ **Memory Corner**

ついたち、　ふつか、　みっか、　よっか、　いつか、　むいか、　なのか、　ようか、

ここのか、　とおか、　はつか

月、　火、　水、　木、　金、　土、　日曜日

きょう、　きのう、　おととい、　あした、　あさって

今週、来週、先週、今月、来月、先月

2. きょうは6月15日です。
   次のカレンダーを見て、正しいものには（　）の中に○、正しくないものには（　）
   の中に×を書いてください。

（1）（　　）　　　　　　　（7）（　　）

（2）（　　）　　　　　　　（8）（　　）

（3）（　　）　　　　　　　（9）（　　）

（4）（　　）　　　　　　　（10）（　　）

（5）（　　）　　　　　　　（11）（　　）

（6）（　　）　　　　　　　（12）（　　）

6月

日	月	火	水	木	金	土
			1	2	3	4
5	6	7	8	9	10	11
12	13	14	15	16	17	18
19	20	21	22	23	24	25
26	27	28	29	30		

■■

3. 問題3は絵はありません。 聞いてください。 正しい答を1つ選んでください。

(1) ①

    ②

    ③

    ④

答 ＿＿＿＿＿＿＿＿＿

(2) ①

    ②

    ③

    ④

答 ＿＿＿＿＿＿＿＿＿

(3) ①

    ②

    ③

    ④

答 ＿＿＿＿＿＿＿＿＿

(4) ①

    ②

    ③

    ④

答 ＿＿＿＿＿＿＿＿＿

(5) ①

    ②

    ③

    ④

答 ＿＿＿＿＿＿＿＿＿

1. 絵を見て正しいものを１つ選んでください。

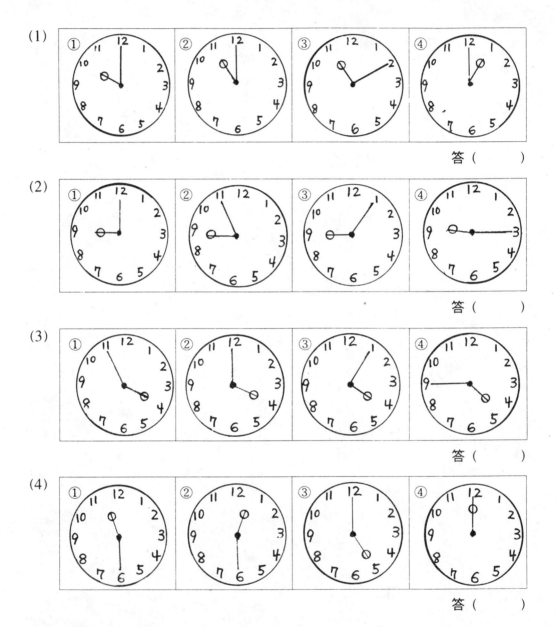

(1)　答（　　　　）

(2)　答（　　　　）

(3)　答（　　　　）

(4)　答（　　　　）

▶▶▶ **Memory Corner**

午前、午後、毎朝、ちょうど、～分前、～分すぎ、～半

すすんでいる、おくれている、正午

2. 絵を見て聞いてください。 正しい答を1つ選んでください。

(1)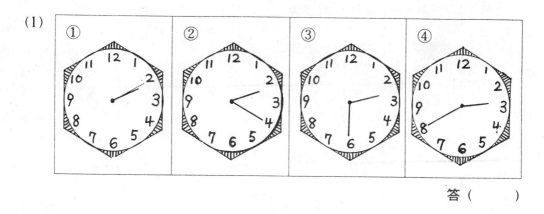

答（　　　）

(2)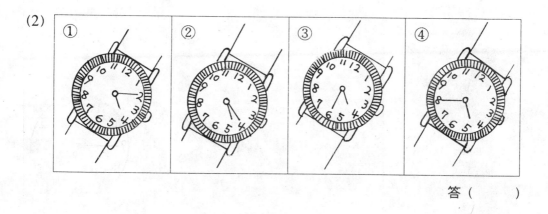

答（　　　）

(3)

答（　　　）

3. 問題3は絵はありません。 聞いてください。 正しい答を1つ選んで＿＿の上に
   書いてください。

    (1) ①

       ②

       ③

       ④

                          答 ＿＿＿＿＿＿＿

    (2) ①

       ②

       ③

       ④

                          答 ＿＿＿＿＿＿＿

    (3) ①

       ②

       ③

       ④

                          答 ＿＿＿＿＿＿＿

    (4) ①

       ②

       ③

       ④

                          答 ＿＿＿＿＿＿＿

1. テープを聞いてください。答はaとbのどちらですか。（　）の中に書いてください。

答（　　a　　）

(1)　答（　　　　）

(2)　答（　　　　）

(3)　答（　　　　）

(4)　答（　　　　）

(5)　答（　　　　）

▶▶▶ **Memory Corner**

長い・短い　　大きい・小さい　　高い・低い　　強い・弱い　　重い・軽い

暑い・寒い　　熱い・冷たい　　厚い・薄い　　太い・細い　　黒い・白い

赤い　　きれい　　元気　　じょうぶ　　すき　　やせて（ふとって）いる

（ぼうし）かぶる　　（めがね）かける　　（ふく）きる　　（マフラー）まく

（くつ）はく　　（ゆびわ）はめる　　（ネクタイ）しめる　　背が高い（低い）

2. 絵を見て聞いてください。　正しい答を1つ選んでください。

(1)

答（　　　）

(2)
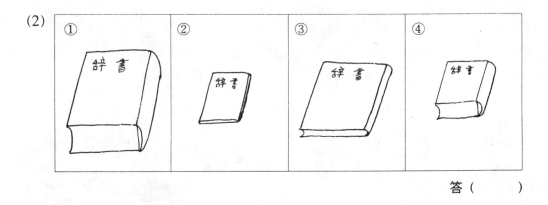

答（　　　）

(3)
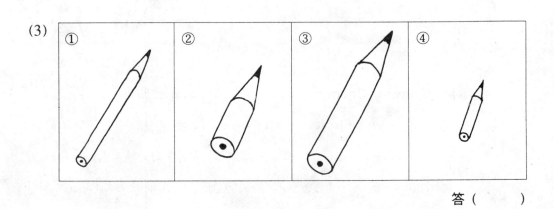

答（　　　）

3. どの人ですか。絵を見て答えてください。

(1)
① ② ③ ④
答（　　　）

(2)
① ② ③ ④
答（　　　）

(3)
① ② ③ ④
答（　　　）

(4)
① ② ③ ④
答（　　　）

4. 問題4は絵はありません。聞いてください。正しい答を1つ選んでください。

(1) ①

②

③

④

答 ＿＿＿＿＿＿＿＿

(2) ①

②

③

④

答 ＿＿＿＿＿＿＿＿

(3) ①

②

③

④

答 ＿＿＿＿＿＿＿＿

(4) ①

②

③

④

答 ＿＿＿＿＿＿＿＿

1. テープを聞いて正しいものには（　）の中に○、正しくないものには（　）の中に
   ×を書いてください。

例

例　a：木の上に鳥がいます。
　　b：木の下に猫がいます。

a（○）　b（×）

(1)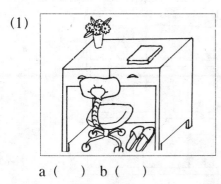

a（　）b（　）

(2)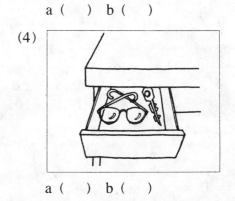

a（　）b（　）

(3)

a（　）b（　）

(4)

a（　）b（　）

▶▶▶ Memory Corner

上、　下、　中、　そば、　となり、　右、　左、　前、　後ろ

いちばん（いちばん右、　いちばん上）

～番目（上から～番目、　下から～番目、　右から～番目、　左から～番目）

何もありません　　何もいません　　だれもいません

2. 絵を見て聞いてください。 正しい答を1つ選んでください。

(1) ①

　　 ②

　　 ③

　　 ④

　　　　　　 答 ＿＿＿＿＿＿

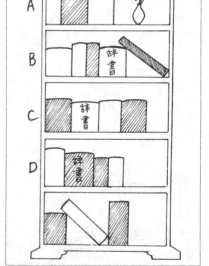

(2) ①

　　 ②

　　 ③

　　 ④

　　　　　　 答 ＿＿＿＿＿＿

(3) ①

　　 ②

　　 ③

　　 ④

　　　　　　 答 ＿＿＿＿＿＿

(4) ①

　　②

　　③

　　④

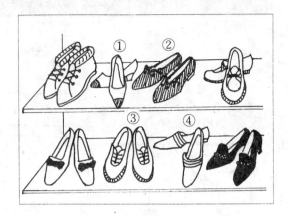

答 ＿＿＿＿＿＿＿

3. 絵を見て正しいものを１つ選んでください。

(1)

答（　　　　）

(2)
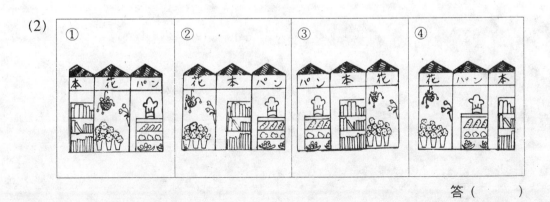

答（　　　　）

1. 何をしていますか。テープを聞いて正しい番号を1つ選んでください。

例　①

　　②

　　③

　　④

答　　　　②　　　

(1)　①

　　②

　　③

　　④

答

. . . .

(2) ①

　　②

　　③

　　④

答 ＿＿＿＿＿＿

(3) ①

　　②

　　③

　　④

答 ＿＿＿＿＿＿

(4) ①

　　②

　　③

　　④

答 ＿＿＿＿＿＿

2. 何の 仕事をしていますか。テープを聞いて正しい答を選んでください。

(1)

答（　　）

(2)

答（　　　　）

(3)

答（　　　　）

3. 問題3は絵はありません。テープを聞いてどの言葉が正しいか、1つ選んで
　 ください。

　例　①

　　　②

　　　③

　　　④

答　＿＿①＿＿

(1) ①

②

③

④

答 _____

(2) ①

②

③

④

答 _____

(3) ①

②

③

④

答 _____

(4) ①

②

③

④

答 _____

1. 絵を見て、テープを聞いてください。正しい順番はどれですか。

(1)
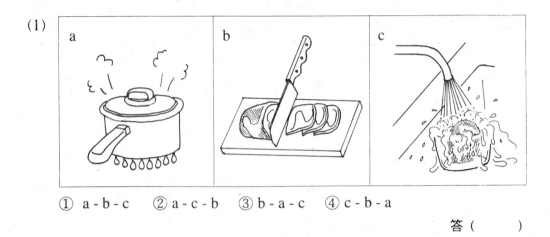

① a - b - c　②a - c - b　③b - a - c　④c - b - a

答（　　　）

(2)

① a - b - c　②a - c - b　③b - a - c　④c - b - a

答（　　　）

(3)
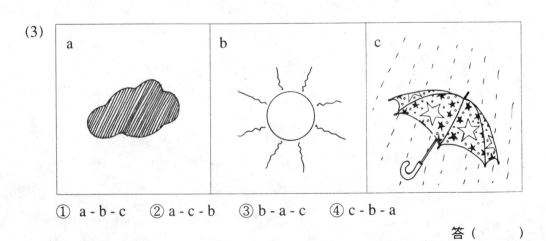

① a - b - c　②a - c - b　③b - a - c　④c - b - a

答（　　　）

■■

2. この問題は絵はありません。テープを聞いて正しい答を1つ選んでください。

(1) ①

②

③

④

答 ＿＿＿＿＿＿

(2) ①

②

③

④

答 ＿＿＿＿＿＿

(3) ①

②

③

④

答 ＿＿＿＿＿＿

(4) ①

②

③

④

答 ＿＿＿＿＿＿

(5) ①

②

③

④

答 _____

(6) ①

②

③

④

答 _____

(7) ①

②

③

④

答 _____

3. この問題は絵はありません。テープを聞いて正しい答を選んでください。

(1) ①

②

③

④

答 _____

(2) ①

②

③

④

答 _____

(3) ①

②

③

④

答 _____

[問題 I]

例

①

②

③

④

1番

①

②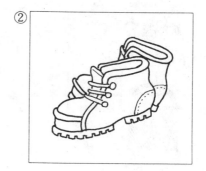

③

④

2番

①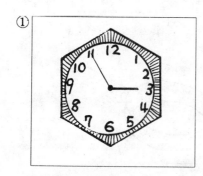

②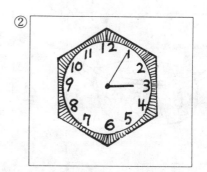

③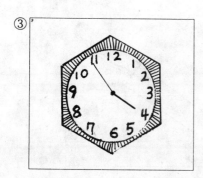

④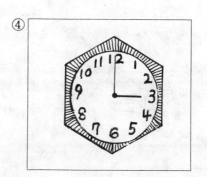

3番

①

②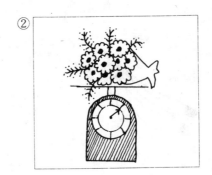

③

④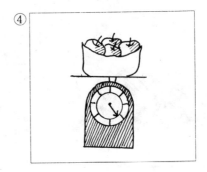

4番

①

②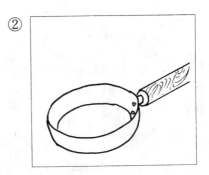

③

④

5番

①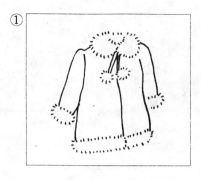

②

③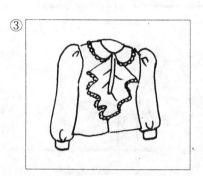

④

6番

①

②

③

④

7番

①

②

③

④

8番

①

②

③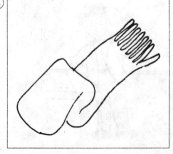

④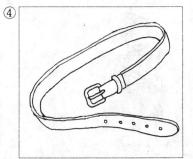

[問題 Ⅱ]

例

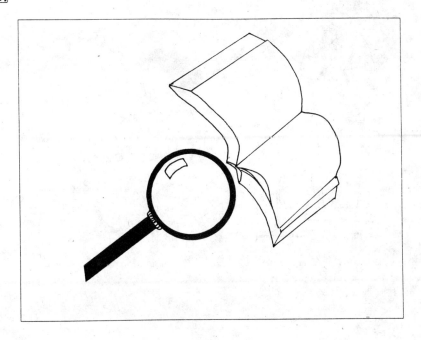

1番

2番

3番

4番

5番

6番

7番

8番

① 03 （8600） 2987

② 03 （8600） 2879

③ 03 （8600） 2789

④ 03 （8600） 2978

問題 Ⅲは絵はありません。
メモに使ってください。

[問題 Ⅰ]

例

①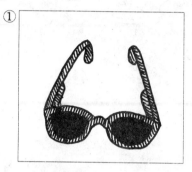

②

③

④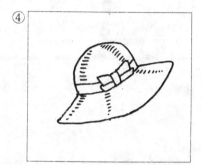

1番

①

②

③

④

2番

①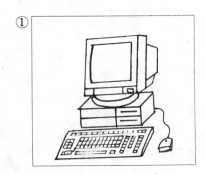

②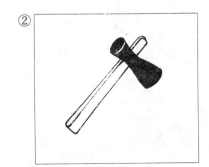

③

④

3番

①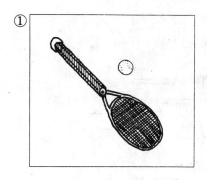

②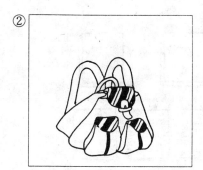

③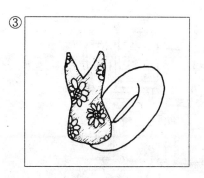

④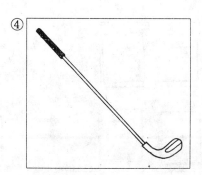

4番

①

②

③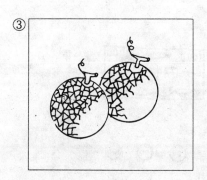

④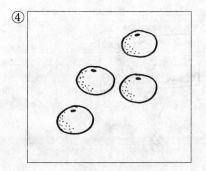

5番

① 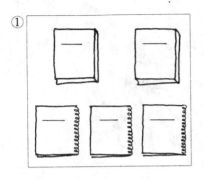　②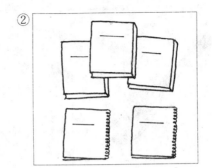

③ 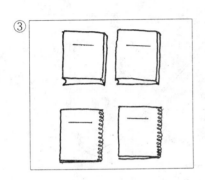　④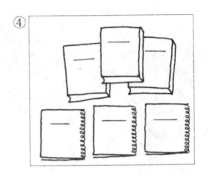

6番

① 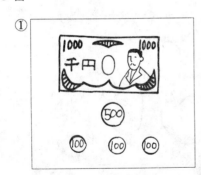　②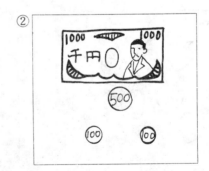

③ 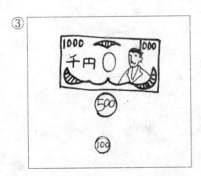　④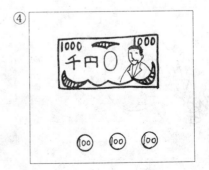

7番

8番

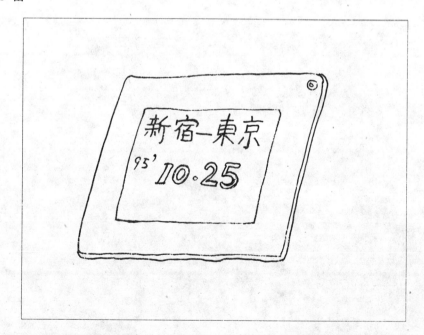

例

1番

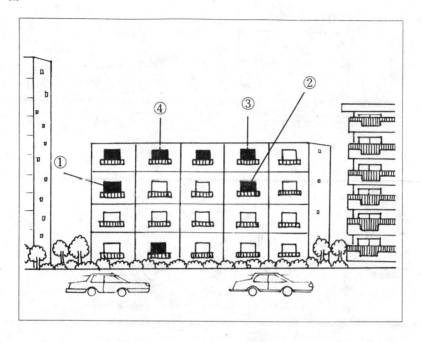

2番

3番

4番

5番

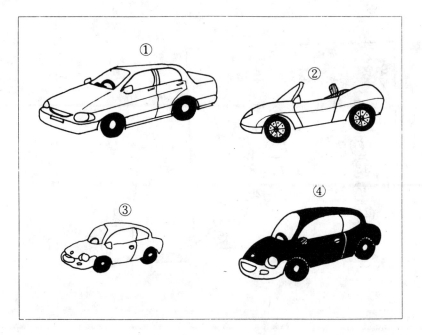

6番

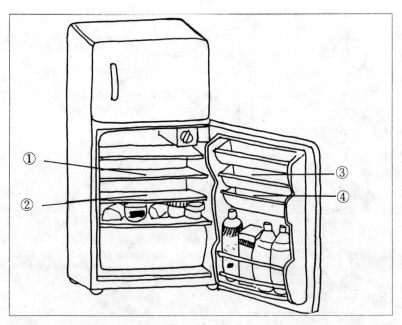

7番

8番

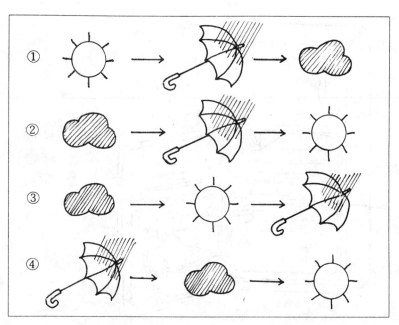

問題 Ⅲは絵はありません。
メモに使ってください。

第1回　模擬テスト解答用紙

[問題 I]

例	正　し　い	①	②	③	●
	正しくない	●	●	●	④

1番	正　し　い	①	②	③	④	5番	正　し　い	①	②	③	④
	正しくない	①	②	③	④		正しくない	①	②	③	④
2番	正　し　い	①	②	③	④	6番	正　し　い	①	②	③	④
	正しくない	①	②	③	④		正しくない	①	②	③	④
3番	正　し　い	①	②	③	④	7番	正　し　い	①	②	③	④
	正しくない	①	②	③	④		正しくない	①	②	③	④
4番	正　し　い	①	②	③	④	8番	正　し　い	①	②	③	④
	正しくない	①	②	③	④		正しくない	①	②	③	④

[問題 II]

例	正　し　い	①	●	③	④
	正しくない	●	②	●	●

1番	正　し　い	①	②	③	④	5番	正　し　い	①	②	③	④
	正しくない	①	②	③	④		正しくない	①	②	③	④
2番	正　し　い	①	②	③	④	6番	正　し　い	①	②	③	④
	正しくない	①	②	③	④		正しくない	①	②	③	④
3番	正　し　い	①	②	③	④	7番	正　し　い	①	②	③	④
	正しくない	①	②	③	④		正しくない	①	②	③	④
4番	正　し　い	①	②	③	④	8番	正　し　い	①	②	③	④
	正しくない	①	②	③	④		正しくない	①	②	③	④

[問題 III]

例	正　し　い	①	●	③	④
	正しくない	●	②	●	●

1番	正　し　い	①	②	③	④	5番	正　し　い	①	②	③	④
	正しくない	①	②	③	④		正しくない	①	②	③	④
2番	正　し　い	①	②	③	④	6番	正　し　い	①	②	③	④
	正しくない	①	②	③	④		正しくない	①	②	③	④
3番	正　し　い	①	②	③	④	7番	正　し　い	①	②	③	④
	正しくない	①	②	③	④		正しくない	①	②	③	④
4番	正　し　い	①	②	③	④	8番	正　し　い	①	②	③	④
	正しくない	①	②	③	④		正しくない	①	②	③	④

第2回　模擬テスト解答用紙

[問題 I]

例	正しい	①	②	③	●
	正しくない	●	●	●	④

1番	正しい	①	②	③	④	5番	正しい	①	②	③	④
	正しくない	①	②	③	④		正しくない	①	②	③	④
2番	正しい	①	②	③	④	6番	正しい	①	②	③	④
	正しくない	①	②	③	④		正しくない	①	②	③	④
3番	正しい	①	②	③	④	7番	正しい	①	②	③	④
	正しくない	①	②	③	④		正しくない	①	②	③	④
4番	正しい	①	②	③	④	8番	正しい	①	②	③	④
	正しくない	①	②	③	④		正しくない	①	②	③	④

[問題 II]

例	正しい	①	●	③	④
	正しくない	●	②	●	●

1番	正しい	①	②	③	④	5番	正しい	①	②	③	④
	正しくない	①	②	③	④		正しくない	①	②	③	④
2番	正しい	①	②	③	④	6番	正しい	①	②	③	④
	正しくない	①	②	③	④		正しくない	①	②	③	④
3番	正しい	①	②	③	④	7番	正しい	①	②	③	④
	正しくない	①	②	③	④		正しくない	①	②	③	④
4番	正しい	①	②	③	④	8番	正しい	①	②	③	④
	正しくない	①	②	③	④		正しくない	①	②	③	④

[問題 III]

例	正しい	①	●	③	④
	正しくない	●	②	●	●

1番	正しい	①	②	③	④	5番	正しい	①	②	③	④
	正しくない	①	②	③	④		正しくない	①	②	③	④
2番	正しい	①	②	③	④	6番	正しい	①	②	③	④
	正しくない	①	②	③	④		正しくない	①	②	③	④
3番	正しい	①	②	③	④	7番	正しい	①	②	③	④
	正しくない	①	②	③	④		正しくない	①	②	③	④
4番	正しい	①	②	③	④	8番	正しい	①	②	③	④
	正しくない	①	②	③	④		正しくない	①	②	③	④

スクリプト

● タイプ別 聴解問題 スクリプト

第1章　いろいろな数

第2章　いくらですか

第3章　いつですか

第4章　何時ですか

第5章　どんな～ですか

第6章　どこですか

第7章　何をしていますか

第8章　応用問題

● 聴解 模擬テスト スクリプト

第1回　模擬テスト

第2回　模擬テスト

●第1章　いろいろな数

1. テープを聞いて、正しい数を(　)の中に書いてください。

> 例　えんぴつが3本(さんぼん)あります。

(1) 切手が2枚(にまい)あります。

(2) 女の子が5人(ごにん)います。

(3) お皿が8枚(はちまい)あります。

(4) みかんがいつつあります。

(5) とりが2羽(にわ)います。

(6) 本が10さつ(じっさつ)あります。

(7) ペンが1本(いっぽん)あります。

(8) 卵がよっつあります。

(9) カメラが4台(よんだい)あります。

(10) 犬が6匹(ろっぴき)います。

(11) くつが7足(ななそく)あります。

(12) りんごがここのつあります。

(13) 魚が3匹(さんびき)います。

(14) ノートが8冊(はっさつ)あります。

(15) バナナが10本(じっぽん)あります。

(16) 男の人が2人(ふたり)います。

(17) 先生が1人(ひとり)います。

(18) 家が1軒(いっけん)あります。

(19) たばこが9本(きゅうほん)あります。

(20) けしゴムがむっつあります。

2. 正しい絵はどれですか。(　)の中に正しい絵の番号を入れてください。

(1) あそこに えんぴつ3本(さんぼん)とけしゴムが みっつあります。

(2) りんごをふたつとみかんをやっつ買いました。

(3) 猫が3匹(さんびき)います。犬は1匹(いっぴき)しかいません。

(4) 男の子が2人(ふたり)います。女の子は1人(ひとり)もいません。

3. 絵を見て答えてください。

(1) 林さんはケーキをいつつ買いました。今これだけあります。いくつ食べましたか。

   ① ひとつ

   ② ふたつ

   ③ みっつ

   ④ よっつ

(2) おとといりんごをむっつ買いました。きのうふたつ食べて、けさひとつ食べました。
りんごは今いくつありますか。

(3) きょうジュースを5本(ごほん)買いました。友だちが3人(さんにん)来て、
一人1本(いっぽん)ずつ飲みました。私は1本も飲みませんでした。
今ジュースは何本(なんぼん)ありますか。

4. 問題 4は電話番号を聞き取る問題です。正しい電話番号を_____の上に
書いてください。

(1) A：すみません。田中さんのうちの電話番号は何番ですか。

   B：03－8309－3122です。

   A：03－8309－3122ですね。ありがとうございました。

(2) A：図書館の電話番号は何番ですか。

   B：駅のそばの図書館ですか。

   A：はい、そうです。

   B：えーと、045－521－0068です。

(3) A：新宿駅の電話番号は何番ですか。

   B：03－3342－5094です。

   A：03－3342－50…えーと

   B：94です。

(4) A：電話で飛行機のきっぷが買えますか。

   B：ええ、03－3551－9241にかけてください。

   A：03の3551の9421……。

   B：いいえ、9241ですよ。

(5) A：このデパートの電話番号、変ですね。

   B：なぜですか。

A：0120－555－111……東京なのに 03ではありませんね。

　　　B：0120は、電話を受けた人が電話代を払います。

　(6) A：あなたのうちの電話番号は何番ですか。

　　　B：0968－24－4587です。

　　　A：え、長いですね。もう一度。

　　　B：0968－24－4587です。

5. 問題 5はいろいろな数字を聞き取る問題です。＿＿＿＿の上に聞き取った数字を

　　書いてください。

　(1) A：あなたのアパートは何号室ですか。

　　　B：私の部屋は206号室です。

　(2) A：この本は全部で何ページありますか。

　　　B：547ページです。

　(3) A：あなたの学生番号は何番ですか。

　　　B：09284番です。

　(4) A：あなたは何年に生まれましたか。

　　　B：1963年です。

●第2章　いくらですか

1. テープを聞いて( )の中にねだんを書いてください。

> 例 A：この花はいくらですか。
>   B：1本(いっぽん) 150円です。

(1) A：このノートはいくらですか。
    B：1冊(いっさつ)220円です。

(2) A：卵はいくらですか。
    B：1個、18円です。

(3) A：このハンカチはいくらですか。
    B：1枚(いちまい)、650円です。

(4) A：このくつはいくらですか。
    B：1足(いっそく)、7300円です。

(5) A：このパソコンはいくらですか。
    B：30万5000円です。

(6) A：ピアノはいくらですか。
    B：125万円です。

(7) A：部屋代はいくらですか。
    B：1か月、5万7000円です。

(8) A：コーヒーとケーキでいくらですか。
    B：両方で850円です。

(9) A：買い物はいくらですか。
    B：全部で3852円です。

2. 正しい絵はどれですか。

(1) えんぴつを3本(さんぼん)と、250円のノートを2冊(にさつ)買いました。

(2) いくら持っていますか。
    「えーと、1万円札が1枚(いちまい)あります。5千円札も1枚(いちまい)ありますね。
    千円札はありません。100円玉はふたつあります。」

（3）はがきを3枚（さんまい）、50円切手を5枚（ごまい）、80円切手を2枚（にまい）ください。

3. 問題 3は絵はありません。聞いてください。正しい答を1つ選んで_____の上に
書いてください。

（1）女：このりんごはひとついくらですか。

男：ひとつ150円です。

女：じゃ、みっつください。

全部でいくらですか。

① 150円です。

② 200円です。

③ 300円です。

④ 450円です。

（2）女：ばらの花はいくらですか。

男：大きいのは 1本（いっぽん）200円です。小さいのは 100円です。

女：それでは小さいのを6本（ろっぽん）ください。

全部でいくらですか。

① 200円です。

② 400円です。

③ 500円です。

④ 600円です。

（3）男：このノートはいくらですか。

女：厚いのが100円で、薄いのが80円です。

男：厚いのを3冊（さんさつ）と、薄いのを2冊（にさつ）ください。

全部でいくらですか。

① 360円です。

② 440円です。

③ 460円です。

④ 500円です。

（4）男：映画はいくらですか。

女：おとなが1500円、子どもが1000円です。

男：おとなひとりと、子どもふたりください。

全部でいくらですか。

① 2600円です。
② 3500円です。
③ 4000円です。
④ 4500円です。

● 第3章　いつですか。

1. 何月何日ですか。

> 例　きょうは4月15日です。

次のカレンダーを見て、正しいものには（　）の中に〇、正しくないものには（　）の中に×を書いてください。

(1) きょうは5月10日です。

(2) きょうは3月6日です。

(3) きょうは7月2日です。

(4) きょうは4月3日です。

(5) きょうは6月8日です。

(6) きょうは10月20日です。

(7) きょうは9月12日です。

(8) きょうは1月1日です。

(9) きょうは2月4日です。

(10) きょうは12月5日です。

(11) きょうは2月19日です。

(12) きょうは11月9日です。

2. きょうは6月15日です。

次のカレンダーを見て、正しいものには（　）の中に〇、正しくないものには（　）の中に×を書いてください。

(1) あしたは6月16日です。

(2) きのうは6月14日でした。

(3) あとといは6月12日でした。

(4) あさっては6月17日です。

(5) きょうは水曜日です。

(6) きのうは木曜日でした。

(7) 今週月曜日は13日です。

(8) 来週の土曜日は24日です。

(9) 先週の火曜日は6日でした。

(10) 来月は7月です。

（11）先月は4月でした。

（12）今月は6月です。

3. 問題 3は絵はありません。聞いてください。正しい答を1つ選んでください。

（1）あさっては何日ですか。

　　　A：あさっては9日ですよね。

　　　B：えーと、きょうは8日ですから、ちがいますよ。

　　　あさっては何日ですか。

　　　　　① 7日です。

　　　　　② 8日です。

　　　　　③ 9日です。

　　　　　④ 10日です。

（2）きょうは何日ですか。

　　　A：あなたはいつ東京に来ましたか。

　　　B：おとといの2日に来ました。

　　　A：そうですか。

　　　きょうは何日ですか。

　　　　　① 1日です。

　　　　　② 3日です。

　　　　　③ 4日です。

　　　　　④ 5日です。

（3）いつ学校は休みですか。

　　　先生：みなさん、来週の水曜日はテストがあります。

　　　　　　次の日は学校は休みです。

　　　　　　わかりましたか。

　　　学生：はーい。

　　　　　　いつ、学校は休みですか。

　　　　　　① 火曜日です。

　　　　　　② 木曜日です。

　　　　　　③ 金曜日です。

　　　　　　④ 土曜日です。

(4) 林さんの誕生日はいつですか。

　　　　林：田中さん、誕生日はいつですか。

　　田中：5月 20日です。

　　　　林：私も同じ月です。でも私の誕生日は2日です。

　　田中：そうですか。

　　　　林さんの誕生日はいつですか。

　　　　　① 5月8日です。

　　　　　② 5月20日です。

　　　　　③ 5月2日です。

　　　　　④ 5月4日です。

(5) いつ公園に行きますか。

　　　　A：山田さん、今度の土曜日どこかに行きますか。

　　山田：ええ、公園に行きます。

　　　　A：日曜日にも公園に行きますか。

　　山田：いいえ、日曜日はどこにも行きません。

　　　　いつ公園に行きますか。

　　　　　① 日曜日です。

　　　　　② 火曜日です。

　　　　　③ 土曜日です。

　　　　　④ 金曜日です。

●第4章　何時ですか

1. 絵を見て正しいものを1つ選んでください。

(1) 女：今何時ですか。

男：11時です。

(2) 女：すみません。今何時ですか。

男：えーと、9時5分過ぎです。

(3) 男：今4時ですよね。

女：いいえ、4時5分前ですよ。

(4) 男：昼休みはいつからですか。

女：正午からです。

2. 絵を見て聞いてください。正しい答を1つ選んでください。

(1) 次のバスはいつ来ますか。

女：あのう、すみません。

男：はい。

女：次のバスはいつ来ますか。

男：えーと、今2時半ですね。あと10分で来ます。

女：ありがとうございます。

　　次のバスはいつ来ますか。

(2) 今何時ですか。

女：あのう、今何時でしょう。

男：えーと。

女：あっ、4時20分ですね。

男：ぼくの時計は、10分遅れています。

女：そうですか。10分遅れているのですね。

　　今何時ですか。

(3) 今何時ですか。

男：次の電車は6時だよね。

女：そうよ。

男：あと15分あるな。ちょっとそこで新聞買ってくるよ。

女：早くね。

　　今何時ですか。

3. 問題3は絵はありません。聞いてください。正しい答を1つ選んで＿＿＿＿の上に書いてください。

(1) あと何分でバスが来ますか。

　　男：次のバスは3時か。今2時50分だから、あと10分あるね。

　　女：あら、その時計、10分進んでいるんでしょ。

　　男：そうそう、そうだったね。

　　　　あと何分でバスが来ますか。

　　　　　① 10分です。

　　　　　② 20分です。

　　　　　③ 30分です。

　　　　　④ 40分です。

(2) 何時に大阪に着きますか。

　　ひかり15号は9時30分に東京を発車します。大阪まで3時間30分かかります。

　　到着時間は……

　　何時に大阪に着きますか。

　　　　① 11時30分です。

　　　　② 12時です。

　　　　③ 12時30分です。

　　　　④ 1時です。

(3) 何時に家を出ますか。

　　女：あした何時に家を出ますか。

　　男：新宿に9時までに行きます。新宿まで1時間だから……

　　女：でも、道が混むかもしれません。30分早く出ましょう。

　　男：それがいいですね。

　　　　何時に家を出ますか。

　　　　　① 7時です。

　　　　　② 7時半です。

　　　　　③ 8時です。

　　　　　④ 8時半です。

(4) 何時間寝ますか。

　　女：あなたはいつも何時に寝ますか。

　　男：大体10時ごろです。

　　女：それで、何時に起きますか。

　　男：5時ごろです。

　　女：早いですね！

　　男：ええ、毎朝ジョギングをしますから。

　　　何時間寝ますか。

　　　　① 5時間です。

　　　　② 6時間です。

　　　　③ 7時間です。

　　　　④ 10時間です。

1. テープを聞いてください。答はaとbのどちらですか。（　）の中に書いてください。

> 例　この家は大きいです。

（1）この人は強いです。

（2）この飲み物は冷たいです。

（3）この箱は重いです。

（4）この木は高いです。

（5）私の国は暑いです。

2. 絵を見て聞いてください。正しい答えを1つ選んでください。

（1）どの犬ですか。

男：きみ、犬をもらったんだって。

女：ええ、とてもかわいいのよ。

男：どんな犬？

女：白くて小さいの。

　　どの犬ですか。

（2）女の人の辞書はどれですか。

女：すみません。辞書を教室に忘れました。

男：この辞書ですか。

女：いいえ、私のは薄くて小さいんです。

男：これですね。

女：あ、そうそう。よかった。ありがとうございました。

　　女の人の辞書はどれですか。

（3）どのえんぴつですか。

女：その太いえんぴつを取ってください。

男：これですか。

女：いいえ、短いのでなくて、そちらの長いほうです。

　　どのえんぴつですか。

3. どの人ですか。絵を見て答えてください。

(1) どの人が女の人のお父さんですか。

私の父は背が高くて太っています。

上着を着ていますが、ネクタイはしていません。

どの人が女の人のお父さんですか。

(2) どの人が男の人のお母さんですか。

ぼくの母は背が低くてやせています。

めがねはかけていません。

どの人が男の人のお母さんですか。

(3) どの人が女の人のお兄さんですか。

私の兄は首にマフラーをまいています。

ぼうしはかぶっていません。サングラスをかけています。

どの人が女の人のお兄さんですか。

(4) どの人が男の人のお姉さんですか。

私の姉は髪が長くて、パーマはかけていません。

ネックレスはしていませんが、スカーフをしています。

どの人が男の人のお姉さんですか。

4. 問題 4は絵はありません。聞いてください。正しい答を1つ選んでください。

(1) どんな味ですか。

女：コーヒーに砂糖を入れますか。

男：はい、3つ入れてください。

女：え、そんなにたくさん？

このコーヒーはどんな味ですか。

① 辛いです。

② 甘いです。

③ 熱いです。

④ 薄いです。

(2) なぜ人がたくさんいますか。

A：あのラーメン屋さんの前に人がたくさんいますよ。

B：ああ、きょうは15日ですね。15日はラーメンが50円になります。

Ａ：えっ！ では私たちも食べましょう。

　　なぜ人がたくさんいますか。

　　　　① おいしいからです。

　　　　② 便利だからです。

　　　　③ 安いからです。

　　　　④ 多いからです。

(3) どんな天気ですか。

　　Ａ：起きて、外を見てください。

　　Ｂ：ああ、白くてきれいですね。

　　Ａ：雪ですね。私の国ではふりません。初めて見ました。ブルブルッ。

　　　　どんな天気ですか。

　　　　　① 暖かいです。

　　　　　② 暑いです。

　　　　　③ 涼しいです。

　　　　　④ 寒いです。

(4) どんな部屋ですか。

　　母：まあ、なんですか、この部屋は！

　　子：すみません。きのうまで試験でしたから、1週間掃除をしていません。

　　母：すぐ、掃除をしなさい。

　　　　どんな部屋ですか。

　　　　　① きれいな部屋です。

　　　　　② きたない部屋です。

　　　　　③ 狭い部屋です。

　　　　　④ 暗い部屋です。

● 第6章　どこですか

1. テープを聞いて正しいものには（　）の中に○、正しくないものには（　）の中に
　　×を書いてください。

> 例 a. 木の上に鳥がいます。
> 　　 b. 木の下に猫がいます。

（1）a. 机の下にスリッパがあります。

　　 b. 机の上に本があります。

（2）a. 車の前に男の子がいます。

　　 b. 車の後ろに犬がいます。

（3）a. テレビの横にかばんがあります。

　　 b. テレビの上に何もありません。

（4）a. 引き出しの中にめがねがあります。

　　 b. 引き出しの中にかぎはありません。

2. 絵を見て聞いてください。正しい答を1つ選んでください。

（1）女の子のお父さんはどの人ですか。

　　 女：いちばん背の高い人が私の父です。

　　　　 女の子のお父さんはどの人ですか。

　　　　　　① いちばん右の人です。

　　　　　　② 右から2番目の人です。

　　　　　　③ 左から2番目の人です。

　　　　　　④ いちばん左の人です。

（2）辞書はどこにありますか。

　　 女：すみません。辞書はどこにありますか。

　　 男：上から2番目のたなにあります。

　　 女：あっ、ありました。

　　　　 辞書はどこにありますか。

　　　　　　① Aのたなです。

　　　　　　② Bのたなです。

　　　　③　Cのたなです。
　　　　④　Dのたなです。

(3) 山田さんはどの人ですか。
　　　女：どの人が山田さんですか。
　　　男：山田さんは後ろの列のいちばん右の人です。
　　　女：ああ、この人ですか。
　　　　山田さんはどの人ですか。

(4) 女の人はどのくつを買いましたか。
　　　　女：すみません。そのくつを見せてください。
　　　店員：これですか。
　　　　女：いいえ、左から3番目のです。
　　　店員：これですね。
　　　　女：いいえ、前の列のです。
　　　店員：はい、わかりました。
　　　　女の人はどのくつを買いましたか。

3. 絵を見て正しいものを1つ選んでください。

　(1) 女の子の前に男の子がいます。女の子の後ろに犬がいます。
　(2) 本屋のとなりは花屋です。花屋のとなりはパン屋です。

● 第7章 何をしていますか

1. 何をしていますか。テープを聞いて正しい番号を1つ選んでください。

> **例** 女の子は何をしていますか。
> ① 歌を歌っています
> ② ピアノをひいています。
> ③ 本を読んでいます。
> ④ バイオリンをひいています。

正解は2ですね。では始めます。

(1) 男の子は何をしていますか。
 ① テレビを見ています。
 ② 本を読んでいます。
 ③ 遊んでいます。
 ④ 寝ています。

(2) お母さんは何をしていますか。
 ① お茶を飲んでいます。
 ② ケーキを食べています。
 ③ テレビを見ています。
 ④ 本を読んでいます。

(3) お父さんは何をしていますか。
 ① ラジオを聞いています。
 ② 新聞を読んでいます。
 ③ たばこを吸っています。
 ④ テレビを見ています。

(4) 猫は何をしていますか。
 ① 遊んでいます。
 ② 寝ています。
 ③ 食べています。
 ④ 走っています。

2. 何の仕事をしていますか。テープを聞いて正しい答を選んでください。

(1) A：あなたはどんな仕事をしていますか。

B：私は、野菜や果物を売っています。

① 農業です。

② 画家です。

③ コックです。

④ やおやです。

(2) A：あなたはどんな仕事をしていますか。

B：私は、数学を教えています。

① 看護婦です。

② 先生です。

③ 銀行員です。

④ 会社員です。

(3) A：あなたはどんな仕事をしていますか。

B：私は、写真をとっています。

① 医者です。

② モデルです。

③ カメラマンです。

④ 会社員です。

3. 問題 3は絵はありません。テープを聞いてどの言葉が正しいか、1つ選んでください。

例 今、何をしていますか。

今、テレビを

① 見ています。

② 見っています。

③ 見いています。

④ 見んでいます。

正解は1ですね。では始めます。

(1) 今、何をしていますか。

今、手紙を

① 書きています。

② 書っています。

③ 書いています。

④ 書しています。

(2) 朝、何をしていますか。

　朝、公園を

① 走ています。

② 走っています。

③ 走りています。

④ 走いています。

(3) プールで何をしていますか。

① 泳いでいます。

② 泳ぎています。

③ 泳んでいます。

④ 泳いています。

(4) うるさいですね。何の音ですか。

　飛行機が空を

① 飛びています。

② 飛いでいます。

③ 飛んています。

④ 飛んでいます。

● 第8章　応用問題

1. 絵を見て、テープを聞いてください。正しい順番はどれですか。

(1) まず肉をなべにいれて1時間ゆでてください。それから水で洗います。
　　それをうすく切ってください。

(2) 朝起きて公園を走ります。帰ってシャワーを浴びます。それからご飯を食べます。

(3) あしたは朝はくもっています。お昼からだんだんはれるでしょう。
　　しかし夜からは雨が降るところもあります。

2. この問題は絵はありません。テープを聞いて正しい答を1つ選んでください。

(1) きのう、どこへ行きましたか。
　　A：きのう、るすでしたね。どこへ行きましたか。
　　B：ああ、きのうは本を借りに行きました。
　　　　きのう、どこへ行きましたか。
　　　　① 郵便局です。
　　　　② 銀行です。
　　　　③ 美術館です。
　　　　④ 図書館です。

(2) 何を買いましたか。
　　A：新聞をください。
　　B：今日は新聞は休みです。
　　A：じゃ、雑誌をください。それと、このガムもください。
　　B：300円です。
　　　　何を買いましたか。
　　　　① 新聞とガムです。
　　　　② 新聞と雑誌です。
　　　　③ 新聞と雑誌とガムです。
　　　　④ 雑誌とガムです。

(3) 紅茶に何を入れて飲みますか。
　　A：紅茶にレモンかミルクを入れますか。
　　B：レモンをお願いします。

A：お砂糖は？

B：いいえ、けっこうです。

紅茶に何を入れて飲みますか。

① レモンだけです。

② ミルクだけです。

③ レモンと砂糖です。

④ ミルクと砂糖です。

(4) 電車はどうちがいますか。

A：あそこに赤い電車と黄色い電車が止まっていますね。どうちがいますか。

B：赤い電車は新宿まで20分かかります。黄色い電車は新宿まで30分かかります。

電車はどうちがいますか。

① 赤い電車のほうが速いです。

② 黄色い電車のほうが速いです。

③ 赤い電車は新宿に行きません。

④ 黄色い電車は新宿に行きません。

(5) 何を食べますか。

A：あなたはどんな肉を食べますか。

B：牛肉と豚肉は食べません。肉は鳥肉しか食べません。

何を食べますか。

① 牛肉を食べます。

② 豚肉を食べます。

③ 鳥肉を食べます。

④ 牛肉と豚肉を食べます。

(6) このお酒はいつ飲みますか。

A：このお酒はいつ飲みますか。

B：ごはんを食べてから、飲みます。

このお酒はいつ飲みますか。

① ごはんの前に飲みます。

② ごはんの後で飲みます。

③ ごはんを食べながら飲みます。

④ ごはんの途中で飲みます。

(7) 今、何歳ですか。

    A：あなたはもう20歳になりましたか。

    B：いいえ、まだです。来月、19歳になります。

    今、何歳ですか。

        ① 17歳です。

        ② 18歳です。

        ③ 19歳です。

        ④ 20歳です。

3. この問題は絵はありません。テープを聞いて正しい答を選んでください。

(1) 田中さんはきのう何をしましたか。

    A：きのうの日曜日何をしましたか。

  田中：海に行きました。

    A：泳ぎましたか。

  田中：いいえ、海の写真をとりました。

    田中さんはきのう何をしましたか。

        ① 泳ぎました。

        ② 絵をかきました。

        ③ 写真をとりました。

        ④ 魚をとりました。

(2) キムさんはかぜをひいたとき、どうしますか。

    A：あなたはかぜをひいたとき、どうしますか。

  キム：病院には行きません。薬もあまり飲みません。

    A：何もしませんか。

  キム：いいえ、あたたかいお酒を飲んで寝ます。

    キムさんはかぜをひいたとき、どうしますか。

        ① 病院に行きます。

        ② 薬を飲みます。

        ③ 何もしません。

        ④ お酒を飲みます。

(3) まりこさんは何をてつだいますか。

    母：あと1時間でパーティーです。ジョンさんはテーブルにお皿を出してください。

まりこさんはテンプラを作ってください。リーさんはスリッパを並べてくだ

　　さい。まさおさんはビールを買ってきてください。さあ、急いで、急いで。

　まりこさんは何をてつだいますか。

　　① 料理を作ります。

　　② 料理をならべます。

　　③ 料理を出します。

　　④ 料理を買ってきます。

第1回　模擬テスト

[問題 I] 絵を見て質問に答えてください。
　　　　　最初に練習します。

> 例　一番大きい動物はどれですか。

　正しい答は4ですね。解答用紙にこう書きます。
　では始めます。

1. 山にのぼるときはく靴はどれですか。

2. どの時計が正しいですか。
　　Q：今何時ですか。
　　A：えーと、3時5分前です。

3. いちばん重いものはどれですか。

4. 台所で使わないものはどれですか。

5. どれを作っていますか。
　　（ミシン音）
　　Q：何を作っていますか。
　　A：夏のブラウスです。
　　Q：白くて涼しそうですね。
　　A：それに、簡単ですよ。

6. タンさんのお父さんはどの人ですか。
　　Q：タンさんのお父さんは何をしていますか。
　　A：父は病院で働いています。

7. どれを飲みますか。
　　Q：コーヒーはいかがですか。
　　A：冷たいものがいいです。
　　Q：ビールは？
　　A：運転しますから、だめです。
　　Q：じゃ、これをどうぞ。

8. 何をもらいましたか。

    A：誕生日おめでとう。はい、プレゼント。

    B：ありがとう。まいてみるよ。あたたかい！

[問題 Ⅱ] 絵を見て質問に答えてください。

        最初に練習します。

    例　これはいつ使いますか。

      ① 星を見るとき使います。

      ② 小さい字を読むとき使います。

      ③ 鳥を見るとき使います。

      ④ 遠くを見るとき使います。

    正解は2番ですね。解答用紙にこう書きます。では始めます。

1. 男の人は何をしていますか。

    ① ピアノを弾いています。

    ② ダンスをしています。

    ③ 歌を歌っています。

    ④ 本を読んでいます。

2. 犬がたくさんいますね。黒い犬は何匹いますか。

    ① 1匹です。

    ② 2匹です。

    ③ 3匹です。

    ④ 4匹です。

3. ステーキを食べます。何がありませんか。

    ① ナイフです。

    ② フォークです。

    ③ スプーンです。

    ④ 塩です。

4. 猫はどこにいますか。

　　① 木の上です。

　　② 木の下です。

　　③ 車の後ろです。

　　④ 家の前です。

5. 公園で走っている人は何人ですか。

　　① 1人です。

　　② 2人です。

　　③ 3人です。

　　④ 4人です。

6. 二匹の犬はどこがちがいますか。

　　① 大きさです。

　　② 色です。

　　③ 足です。

　　④ 耳です。

7. 和子さんはどこに行きましたか。

　　① 病院です。

　　② 銀行です。

　　③ レストランです。

　　④ 美容院です。

8. 電話番号は何番ですか。

　　Ａ：田中さん、電話番号は何番ですか。

　　Ｂ：03の8600の2987です。

　　Ａ：8600の2978？

　　Ｂ：いいえ、2987です。

[**問題 Ⅲ**] 問題Ⅲは絵はありません。テープを聞いて答えてください。

まず練習します。

例 今何時ですか。

女：あのー、今何時ですか。

男：えーと、2時5分過ぎですね。

あ、すみません。この時計は十分遅れています。

今何時ですか。

① 1時50分です。

② 1時55分です。

③ 2時10分です。

④ 2時15分です。

正解は2番ですね。解答用紙にこう書きます。では始めます。

1. どこで会いますか。

A：あした美術館に行きませんか。

3時に駅の前で会いましょう。

B：駅の前は人がたくさんいますよ。

A：では駅の右に本屋があります。そこで待っています。

どこで会いますか。

① 美術館です。

② 駅の前です。

③ 駅の右の本屋です。

④ 駅の左の本屋です。

2. コーヒーに何を入れますか。

A：コーヒーに砂糖を入れますか。

B：2個入れてください。

A：ミルクは？

B：はい、お願いします。

コーヒーに何を入れますか。

① 砂糖だけです。

② ミルクだけです。

③ 砂糖とミルクです。

④ 何も入れません。

3. 試験は1年に何回ありますか。

Q：1年に試験は何回ありますか。

A：6月と10月と2月にあります。

ああ、それから4月にもクラスを決める試験がありますね。

試験は1年に何回ありますか。

① 3回です。

② 4回です。

③ 5回です。

④ 6回です。

4. 全部でいくらでしたか。

Q：きのう何を買いましたか。

A：1000円の靴下を3足と、傘を1本買いました。

Q：傘はいくらでしたか。

A：5000円でした。

全部でいくらでしたか。

① 3000円です。

② 5000円です。

③ 6000円です。

④ 8000円です。

5. 何を持ってきますか。

あした動物園に行きます。お菓子と飲み物を持ってきてください。

お金はいりません。

何を持ってきますか。

① お菓子と飲み物です。

② お菓子とお金です。

③ お金と飲み物です。

④ お菓子と飲み物とお金です。

6. きのう何をしましたか。

    Q：きのう何をしましたか。

    A：デパートに行きました。

    Q：買い物をしましたか。

    A：いいえ、私はデパートの中のレストランで働いています。

    きのう何をしましたか。

        ① デパートで買い物をしました。

        ② レストランで食事をしました。

        ③ デパートで仕事をしました。

        ④ デパートで遊びました。

7. 紙は全部で何枚いりますか。

    先生：今から作文を書きます。学生は…20人いますね。

        ひとり3枚ずつ紙を配ってください。

    紙は全部で何枚いりますか。

        ① 3枚です。

        ② 20枚です。

        ③ 40枚です。

        ④ 60枚です。

8. 授業は何時に終わりますか。

    パク：あーあっ。

    先生：パクさん、どうしましたか。

    パク：すみません。疲れました。

    先生：今、3時10分前ですから、あと20分で終わります。がんばってください。

    授業は何時に終わりますか。

        ① 2時50分です。

        ② 3時10分です。

        ③ 3時20分です。

        ④ 3時30分です。

[問題 Ⅰ] 絵を見て質問に答えてください。最初に練習をします。

> 例 雨の日に使うものはどれですか。

　　正解は2番ですね。解答用紙を見てください。答をこう書きます。
　　では始めます。

1. 動物がいます。空を飛ぶものはどれですか。

2. 音楽を聞くとき、どれを使いますか。

3. 海に行きます。どれを持って行きますか。

4. 果物があります。一番数の多いものはどれですか。

5. どれを買いましたか。

　　A：ノートをください。
　　B：厚いのと薄いのがあります。
　　A：厚いのを3冊と、薄いのを2冊ください。

6. おつりはどれですか。

　　A：これはいくらですか。
　　B：ひとつ1600円です。
　　A：ふたつください。
　　B：3200円ですね。
　　A：5000円からお願いします。
　　B：ではおつりです。

7. リーさんはどの人ですか。

　　A：リーさんは女の人ですか。
　　B：いいえ、背の高い男の人です。
　　A：ああ、眼鏡をかけている人ですね。
　　B：そうです。

8. これは定期券です。いつ使いますか。

　　① 買い物するとき使います。

　　② 電話をかけるとき使います。

　　③ 電車に乗るとき使います。

　　④ 銀行に行くとき使います。

[問題 Ⅱ] 絵を見て正して番号を選んでください。

　　　　　最初に練習をします。

> 例 女の人は何をしていますか。
> 　　① テレビを見ています。
> 　　② 電話をかけています。
> 　　③ 新聞を読んでいます。
> 　　④ お茶を飲んでいます。

正解は2ですね。解答用紙にこう書きます。では始めます。

1. 田中さんの部屋はどれですか。

　　Q：あれが田中さんのアパートですか。どの部屋ですか。

　　A：3階の、右から2番目、いま電気が消えている部屋です。

2. どの写真が好きですか。

　　A：あなたはどんな写真が好きですか。

　　B：私は人間をとった写真が好きです。

　　A：この中ではどれが好きですか。

　　B：あの子供がかわいいですね。

3. 吉田さんはこれを持っていきます。何をしに行きますか。

　　① 写真をとりに行きます。

　　② 絵を描きに行きます。

　　③ スポーツをしに行きます。

　　④ 魚を取りに行きます。

4. どこに花を置きますか。

　　Q：この花はどこに置きますか。

　　A：暗いところや熱いところはいけません。明るいところに置いてください。

　　　　あ、ピアノの上もだめ。

5. どれが太郎さんの車ですか。

　　Q：どれが太郎さんの車？

　　太：あの白くて小さい車です。

　　Q：屋根のない車ですか。

　　太：いいえ、屋根のある方です。

6. 卵はどこに入れますか。

　　Q：卵はどこに入れますか。

　　A：冷蔵庫のドアの上から2段目に入れてください。

7. 試験は何曜日ですか。

　　今度の試験は10月8日です。よく勉強してください。

　　① 月曜日です。

　　② 火曜日です。

　　③ 水曜日です。

　　④ 金曜日です。

8. 明日の天気はどうですか。

　　明日は朝は少し雨が降りますが、だんだんやむでしょう。

　　午後からはいい天気になるでしょう。

[問題 Ⅲ] この問題は絵はありません。問題を聞いて正しい答を

　　　　　1つ選んでください。

　　　　　まず練習します。

例 今日は何日ですか。

学生：宿題は何日までに出しますか。

先生：9日までです。

学生：あさってですね。

今日は何日ですか。

① 6日です。

② 7日です。

③ 8日です。

④ 9日です。

正解は2番ですね。解答用紙にこう書きます。では始めます。

1. 電車は何時に来ますか。

4時30分の電車は事故で遅れています。20分遅くなります。

もう少しお待ちください。

① 4時10分です。

② 4時20分です。

③ 4時40分です。

④ 4時50分です。

2. 何で学校に来ますか。

　　A：キムさん、学校には何で来ますか。

キム：雨の日はバスに乗りますが、天気のいい日は自転車です。

　　　晴れた日は何で来ますか。

① バスです。

② 自動車です。

③ 自転車です。

④ 電車です。

3. シンさんのお父さんは今何歳ですか。

　　A：シンさんのお父さんは何歳ですか。

シン：えーと、来年ちょうど60歳になりますね。

　　　シンさんのお父さんは今何歳ですか。

① 58歳です。

② 59歳です。

③ 60歳です。

④ 61歳です。

4. 何を書きませんか。

この紙にあなたの名前と、今、何歳か書いてください。その下に、
今住んでいるところを書いてください。それでけっこうです。

何を書きませんか。

① 名前です。

② 住所です。

③ 電話番号です。

④ 年齢です。

5. 子供は何人ありますか。

Q：あなたはお子さんが何人ありますか。

A：男の子と女の子がふたりずつあります。

子供は何人ありますか。

① ふたりです。

② 3人です。

③ 4人です。

④ 6人です。

6. どんなアパートですか。

私のアパートは古くて、小さい部屋が1つだけです。でも駅から5分です。
スーパーマーケットも近くにあります。

どんなアパートですか。

① きれいなアパートです。

② 便利なアパートです。

③ 広いアパートです。

④ 静かなアパートです。

7. きょう何をしますか。

    A：きょう何をしますか。

    B：シーツやシャツを洗おうと思いましたが、雨ですね。

    A：映画でも見に行きましょうか。

    B：それより、うちでおいしいものを作りましょう。

    きょう何をしますか。

    ① 洗濯をします。

    ② 掃除をします。

    ③ 映画を見ます。

    ④ 料理をします。

8. 田中さんはなぜ学校を休みましたか。

    先生：田中さん、きのうなぜ学校を休みましたか。

    田中：すみません。友達が病気になったのでいっしょに病院に行きました。

        人がたくさんいて、3時間も待ちました。

    先生：わかりました。でも忘れずに電話してくださいね。

    田中さんはなぜ学校を休みましたか。

        ① 田中さんが病気になったからです。

        ② 友達が病気になったからです。

        ③ 病院がしまっていたからです。

        ④ 電話を忘れたからです。

解 答

- タイプ別 聴解問題
- 聴解 模擬テスト

タイプ別 聴解問題 解答

● 第1章

1. (1) 2 (2) 5 (3) 8 (4) 5 (5) 2 (6) 10 (7) 1 (8) 4 (9) 4
(10) 6 (11) 7 (12) 9 (13) 3 (14) 8 (15) 10 (16) 2 (17) 1
(18) 1 (19) 9 (20) 6

2. (1) ② (2) ③ (3) ④ (4) ②

3. (1) ② ふたつ (2) ② みっつ (3) ② 2本(にほん)

4. (1) 03－8309－3122
(2) 045－521－0068
(3) 03－3342－5094
(4) 03－3551－9241
(5) 0120－555－111
(6) 0968－24－4587

5. (1) 206 (2) 547 (3) 09284 (4) 1963

● 第2章

1. (1) 220円 (2) 18円 (3) 650円 (4) 7300円 (5) 30万5000円
(6) 125万円 (7) 5万7000円 (8) 850円 (9) 3852円

2. (1) ② (2) ① (3) ④

3. (1) ④ (2) ④ (3) ③ (4) ②

● 第3章

1. (1) 5月10日 (2) 3月6日 (3) 7月2日 (4) 4月3日 (5) 6月8日 (6) 10月20日
(7) 9月12日 (8) 1月1日 (9) 2月4日 (10) 12月5日 (11) 2月19日 (12) 11月9日

2. (1) ○ (2) ○ (3) × (4) ○ (5) ○ (6) × (7) ○ (8) ×
(9) × (10) ○ (11) × (12) ○

3. (1) ④ (2) ③ (3) ② (4) ③ (5) ③

● 第4章

1. (1) ②　(2) ③　(3) ①　(4) ④

2. (1) ④　(2) ③　(3) ②

3. (1) ②　(2) ④　(3) ②　(4) ③

● 第5章

1. (1) b　(2) b　(3) a　(4) a　(5) b

2. (1) ④　(2) ②　(3) ③

3. (1) ③　(2) ①　(3) ②　(4) ④

4. (1) ②　(2) ③　(3) ④　(4) ②

● 第6章

1. (1) a(○) b(○)　(2) a(×) b(○)　(3) a(○) b(×)　(4) a(○) b(×)

2. (1) ②　(2) ②　(3) ②　(4) ④

3. (1) ③　(2) ①

● 第7章

1. (1) ③　(2) ④　(3) ①　(4) ②

2. (1) ④　(2) ②　(3) ③

3. (1) ③　(2) ②　(3) ①　(4) ④

● 第8章

1. (1) ②　(2) ③　(3) ①

2. (1) ④　(2) ④　(3) ①　(4) ①　(5) ③　(6) ②　(7) ②

3. (1) ③　(2) ④　(3) ①

模擬テスト　解答

● 第1回

[問題 I]

1. ②　2. ①　3. ④　4. ③　5. ④　6. ①　7. ②　8. ③

[問題 II]

1. ③　2. ③　3. ①　4. ③　5. ②　6. ④　7. ④　8. ①

[問題 III]

1. ③　2. ③　3. ②　4. ④　5. ①　6. ③　7. ④　8. ②

● 第2回

[問題 I]

1. ①　2. ③　3. ③　4. ①　5. ②　6. ①　7. ①　8. ③

[問題 II]

1. ②　2. ③　3. ②　4. ①　5. ③　6. ③　7. ②　8. ④

[問題 III]

1. ④　2. ③　3. ②　4. ③　5. ③　6. ②　7. ④　8. ②